U0068353

陽光在人間疾走

目次

月光漫過木柵欄

不願走失的時光

拜佛

那個老婦，在一尊尊佛面前
站起來又跪下去，彷彿木魚是在敲打她

她從這邊臺階下來，又從那邊上去
伸向牆外那株玉蘭，還是世俗地開了

站在碼頭

輪船一艘艘地開出去了
我熟悉和不熟悉的人，都上了船

一聲聲汽笛，像利刀，在把糾纏割離
長年累月，我看它一次，心就被掏空一次

長江

都順流而下吧，畢竟氣勢逼人
把月光挽在手上，峽窄之處側身而過

這是特殊旅行，抱住一江濤聲
我們在一個民族的驕傲中睡醒

月光曲

我們順著月光，輕鬆地摸到了少年
摸到了草垛，摸到了奶奶那把蒲扇

我們在月下想兒女，想莊稼，想牛羊
風沒像以往，吹了這邊吹那邊

玉石

謝謝歲月讓我熬熟了苦難,終於透明
沒有掩藏,請不要隨意在我身上雕鑽

即使有裂紋、瑕疵,也不要打磨
虛假的完美,是莫大的恥辱,是在玩弄世界

新柳

軀幹折斷了,但春風折不斷
讓我重新舉起一枝兩枝新綠

我不想錯過,我想與萬物同歡
相信我的每一片葉子,都能接住春天

崖松

我咬著牙，板著臉
極力威嚴成你的懸崖

你來我這兒生根，即使月光跌進山谷
你的遒勁，也難被風吹散

車禍

時間一個急剎車，那聲音
彷彿要把一切的水分榨乾

十字路口流血了，悲哀哽咽在喉
好多人一時沒有回過神來

成熟的葡萄

紫黑，透明，晃眼⋯⋯
風雨都反覆挑剔過了

沉默，是為等待別人說出甜
平靜，是最高級別的燦爛

田野

小麥油菜青蔥地站著
站得理直氣壯，我心好慌亂

我執意扛一把鋤頭過去
與它們並排，太陽嘩嘩地瀉下來

韭菜

刀子的作為，就是割倒一片
一轉身，它們又還原了昨天

刀子終將鏽蝕，韭菜還會生長不斷
從泥土裡站出來，為苦難代言

小麥

陰雨中，它在為抽穗哭泣
熱風中，它在為飽滿起伏

生活最終被它的金黃照亮
我們在它樸實的品質中安睡如初

天氣

說是今天有一場大雨，我卻盼望
一片陽光把我淋濕，濕得徹底

最終還是無奈，傘勉強撐起自己的天空
我在雨中走得很急

石匠

征服了無數頑石，一錘一朵火
被他修理過的石頭，不敢言語

最後，他在一塊墓碑面前手抖了
他要在上面，事先刻上自己的出生和名字

鄉下見聞

荒草把麥子包穀的落腳地霸佔了
烏鴉飛來飛去，打抱不平

一位老漢不停地咳嗽，日子卡著痰
幾聲太細的犬吠，碰落天空無力的寒星

錦囊

生命的密碼是誰人設定？
塵事纏身，血緣深處經絡縱橫

蒼蠅飛不出沙網，我們都是凡間困獸
上帝請出示錦囊，何處是靈魂出逃之門？

秋景

一群大雁給天空打上墨點，很多事物
生死不明，楓樹還在充血

風開始拐賣落葉，石頭意外堅硬
一隻狂妄的老鷹，失手於速度太快的黃昏

飲酒

杯盞很淺，人世很深
秋天一再被落葉打探

遂心時，是月白風清
傷感時，沒人不是一飲而盡

陽光在人間疾走

涪江

涪江就睡在四川遂寧的身邊
看得見，摸得著，日子有親切感

平靜時，它贈你白鶴幾點
激動時，就煮熟一江翻滾的晚霞

草地

我不及草走得遠，一出腳就是天涯
我不及草快樂，不如意會悲哀

請給我一根鞭，我不趕羊我趕草
草的生長處，就是我滿意的落腳點

早晨

這是千萬顆露珠餵養出來的早晨
我醒於急速凋謝後的鼾聲

霞光的快刀剁出了村莊
山水親熱相認，鳥鳴地上打滾

霸道

我被桃花搜身
也被一路梨花盤問

春天是霸道了一些，但我們都
甘願接受，心裡想不盡燦爛的事情

深夜

熟睡歸於萬物，我被一些瑣事俘虜
門都已關閉，門牌號依然清晰

風從巷子口蜂擁而出，但街道十分像
一節沒有食物消化的腸道

河岸與蘆葦

蘆葦於水，住得太久
已經水性楊花，河水留下急切的喘息

古老的河岸，還是極力蜿蜒
就像岸邊老農，執意要把農事挑在雙肩

在家鄉

隨意向一扇木門走去，都不會被拒絕
伸出牆外的桃花，是大家的春色

燕子把這家的炊煙銜到那家
乳名在方言裡，有百分之百的成活率

黎明

雞叫半聲，樹影就卸下些朦朧
微風撩動窗簾，有人暗中隙開了眼睛

響動那樣清楚，牛在圈裡打著響鼻
一切都在等待真相大白，然後交換表情

陽光在人間疾走

沉默

桃花櫻花都說話了，小草也嘰嘰喳喳不止
麻雀散落四周誘導，杜鵑花最是氣急敗壞

能說什麼呢？我的一切語言，都凝成了膽囊結石
沉默，是我不願說出的苦難

如果

如果風回頭，沿路再吹一次
吹落的，會不會是另一片葉子？

如果羊群不讓人驅趕，隨便遊走
草原會不會跟著它們寬下去？

九點過五分

遂寧郵政大樓的鐘，死在了九點過五分
沒有人驚慌，樓下依舊是搶時間的車輛行人

我路過時，還是忍不住要望一眼
像望著逝者遺像，重要的是懷念它曾經準點的鐘聲

犀牛碼頭

誰久立的身影，被江風磨瘦？
細浪疊疊，走不遠的船，又慌忙轉身

一對對情人，牽手把柳蔭走深
有多少無形的碼頭，停靠著穩當的人生？

廣德寺

在隆重的香火和跪拜中，寺廟又高了
古柏早已剃度，瓦楞草在瓦上也修煉成精

山門很高大，我卻很小，小得如一粒看不見的灰塵
都說莫問前世今生，其實大家把前世今生摳得很緊

船和岸

你說下江南，一鼓帆就去了
我成了你不願消失的岸，直等得月瘦水淺

你會不會遇上枯水時節？擱淺在某一處
任我在這裡手握船槳，把苦悶演繹成燦爛

回家路上

兩只小狗在樹叢苟且，無人過問
對面醫院吞吐人群後，在趕緊做深呼吸

離家不遠了，像夕陽已攔在了西山頂
我知道把握的時間不多，如袋裡幾枚叮噹作響的碎銀

黃昏之後

天壓下來，低矮的植物幸災樂禍
很多時候，我們需要一忍再忍

街燈朦朧，世上萬物，我們不需徹底看清
燈光是一枚透明的繭，我們在繭中醞釀重生

大風

一江水被風押著，流得更快
昨晚睡眠不深，擔心後園的花會殘

是誰刻意製造這樣一場混亂？我懷疑
有靈魂被剃度，有怯懦者緊閉雙眼

雨夜

涉世不深，說不定一滴雨會淹死人
微弱的燈光在提醒，道路泥濘

趁夜打劫我不怕，我沒有什麼太脆弱的部分
早已複製了李白那片月光，並在月光下平靜

春分

特殊時間逼近我們，指節脹疼
土地鬆軟，四處聽見種子待嫁的哭聲

揚起手臂，播撒的姿勢優雅完美
我們自豪，日子與稻穀高粱聯手很緊

所聞

園子裡一隻鳥安靜地躺在那裡，當然不會驚天動地
但另一隻鳥，在它周圍，叫碎了一座園子

那鳥跳上跳下，所有的樹，沒敢抖動一下葉子
整個上午，萬物都在傾聽，那只鳥痛徹的悲戚

老井

清澈，月亮跳進去沐浴
還有我的童年，和童年的故事

木桶盛滿鄉愁
懷念的夜晚，波光瀲灩

感慨

很多事情，紙一樣薄
真情悲天嗆地時，金錢的視線越來越細

打開的門很多，容許你進去的很少
小心轉身，微笑後面藏著厚實的牆壁

天空

一群雁飛走後
天空再也沒有高上去

不知那雨，在為誰哭泣
我的頭，越來越深地埋進往事裡

你的淚

你的淚，砸傷
我全部日子

我知道我是你的囚徒
你準備，將我囚禁多少個世紀？

這就是故鄉

山熟睡在屋後，小河在門前盡興流淌
槐樹在村口，鎮守進出村子的時光

麥子杏子準時在舊曆三月成熟
沒有戒心的瓜藤，有意翻過鄰家的土牆

小心

很多時間都變成了杯子，脆裂時刻逼近
誰願意，重新逼供自己的靈魂？

都喊著向前看，誰沒有在回憶中暗自轉身？
不要挽救腐朽，請搭救一粒嫩芽的哭聲

悄寂

那些星星被誰釘死在天空？個個無語
就像我，在一間屋裡接受燈光的趨炎附勢

白了又白的四壁，還有窗外圍困的黑
有意拷問我的出生年月與姓氏

嬰啼

一個夜晚，幾聲乾淨而清脆的嬰啼
推遠了想靠近的風雨，我的耳朵也被清洗一次

還好，失眠躲過了一次無聊
嬰啼簽收了這夜，這夜沒敢再老練下去

為何

為何？我們希望果樹儘快結出果實
卻又偏偏盼望它，有更長的花期

為何？世界總樂意用硝煙擦拭和平
為何？有人喜歡咬緊牙，躲在靈魂裡哭啼

看獵鳥

一聲槍響，半個下午栽倒在地
還有半個，負傷驚恐逃跑

夕陽血紅著眼睛，盯住那個持槍的人
彷彿在向他，瞄準

自己

自己為自己製造平坦
自己又為自己設計懸崖

自己是自己的風雨
自己是自己的燦爛

火車

火車像我們，都是有情節的人，每一段堅硬中
一路放心敲打過去，都會讓人感到，鏗鏘不已

我們在無形中，都是趕在火車前面
把設想要走的路，一一拓寬，挬直

一個人的時候

一個人可以為自己，下一場暴雨
我突圍在自己設置的城池裡

一隻螞蟻弄出的聲響，淹沒了草叢
我故意在一個荒原走遠，又故意裝作迷失

小雨

小雨像一種憐惜，曾經的摔傷又在隱隱作痛
我不相信，烏鴉的啼叫會是一種壞消息

推開窗戶又關上窗戶，那些燈火像眼淚
我是一隻向外張望的壁虎，正窺測夜晚的用意

居鄉間

耕半畝地，赤腳碰落一地露水
與山水為伍，讓蟬鳴叫翻一個夏天

初春喜歡獨自蹲在田野
偷聽大豆玉米，悄悄投胎

春天

大地這張紙盡情鋪開，寫盡鮮豔
誰敢說，他能把全部春光攬入胸懷？

腳步匆匆，行走的都是自己的旅程
時間在哪個指尖疼痛，然後燃成火焰？

燕子

更多時候，我感覺你是在閱讀，逐字逐句
由桃花讀到麥苗，由池塘讀到山川

我的心，有一處空了很久，也收拾好許久
你可不可以把它作為，你棲息的屋簷？

看見

陽臺那株梅花，還在與寒冷較勁
我出門的一行腳印，清楚地簽收了雪地

白天感覺很短，一回頭，古老的巷口
又在大口大口吞吐著進出的人群

夜色

一切都在逃離和隱藏，用意極其不明
潛入一粒燈光，誰都不願成為誰的俘虜

看閃爍的窗口，今晚我註定要打坐入禪
待明晨陽光剝開，我能否成為那粒驚喜的舍利

觀望

一隻鳥體會了蒼茫，雲朵肆意流浪
多數時候，我相信陽光最終會在地上流淌

風，掛滿了樹葉的葉尖
遠去的朋友，背影還晃動在行進的路上

霹靂

從不告訴別人，什麼時候出手
平靜與晴和，是在聲淚俱下之後

什麼都想撕開看看，滿懷憤怒至極
是不是因為某些地方，在藏汙納垢？

上廟

臺階很高，總覺神聖就在梯子最上面
捶胸頓足，悔一生沾滿世俗的塵埃

木魚聲在寺外豎起了柵欄，像要捉拿什麼
我不畏懼，今天我是主動帶靈魂，來此投案

邀約

我帶了月光過來，還有長久的掛念
江水漲不漲潮不要緊，岸邊停有性急的船

等你前來解纜，幾聲咿呀的槳聲
我們樂意接受，江面一寬再寬，浪花擊響船舷

夜晚的草地

狼嗥叫著，眼中的綠光流竄
一大片，一大片草原跟著痙攣

遠處一團繁星徹夜閃爍
狼因此，興奮了一個夜晚

懸空寺

懸空絕壁,連視線都粘貼不上去
晨鐘暮鼓還在一次次推深山谷

鳥兒飛過,像一片飄落的葉子
風,從絕壁滑下來,又爬上去

空酒瓶

空空酒瓶躺在櫥櫃,商標還在
神氣十足地復述珍貴的身分

白天黑夜依舊按秩序行進
酩酊大醉不算醉,有人在酒中淌過一生

晚燈

時間收攏手掌，遠山隱匿逃遁
晚燈亮起來，亮成鄉村明亮的眼仁

夜色包裹的村莊，口含人間煙火
堂上坐著長輩，膝下繞著兒孫，灶火一旺再旺

暮秋

晚霞還在刻意為暮年壯行
天空，把大雁的目的地越藏越深

誰在將衰落塗改成繽紛？道路眾多
卻沒有一處提醒或暗示，前方有陷阱

道路

道路不斷出賣腳印，而五趾分明的腳印
卻一直在延伸道路的名聲

走過去，也許是他的坦途你的坎坷
走回來，說不定是你的歌聲他的呻吟

驚訝

天空被雷電抽打之後，反而變得格外清晰
種子在最後一絲掙扎中，找到生機

被釣鉤追趕的魚兒，懂得河水的深淺
野火燒過的小草，在春天依舊把嫩綠的旗幟舉起

掌紋

從哪條紋路進去，能找到凝聚快樂的珠璣？
歲月，是不是一直在為我們設計一場遊戲？

曾經的風雨已不再是風雨，你是否願意
把成敗得失變成感慨和回憶？

仰望天空

雲朵很光滑，太陽是顆沒人敢私藏的寶石
它高上去或者低下來，都很親昵

我想變成一隻鳥，騰空而起
俯衝滑行，丈量它的博大，以及暗藏的雷雨

那個人

那個人，我很熟悉又很陌生
那個人坐在老歌的蓮花瓣式的雲朵裡

那個人唱歌像在抽絲，抽空的是他自己
那個人背靠著高高的穀堆，月光是他潔白的四壁

飛鳥

幸虧有這些鳥兒勤奮打理，天空才沒有
腐朽下去。我也輕盈，我張開雙臂

天空，你就一味地高上去吧
我也想嘗試一次，果斷地穿越風雨

秋景

風，拖累一群無家可歸的落葉
大山窮得，一覽無餘

飢餓的眼睛，抬高天空
大雁留下，一行古老的黑色標題

濃春

十指，被一篷篷桃花點燃
我被捲入一場，綠草的瘋狂追擊

我知道別無選擇，發芽或者開花
春天，讓我先看看腳底，是否已經長出根鬚

天上宮喝茶

一杯茶泡出天南海北，少有的奢侈
無形中，自己把一副枷鎖卸去

茶味越來越濃，這個下午沒有浪費
像我們樂意花出去的，一分一釐

濕地公園棧道

有意蜿蜒，有意讓魚兒弄出些水聲
草叢驚飛而起的鳥，成了意外的驚喜

跌宕起伏，就像我們跌宕起伏的情緒
漫步前行，我們被綠色優雅地銜在口裡

江底隧道

我知道，江那邊的菜地變成了城市
房價比三十三樓還高，除了擁擠還是擁擠

江底被穿刺，管你疼不疼痛
呼吸暢不暢快，我有你擋不住的馬力

聖蓮島

在江水中打坐，以這樣的方式逃離塵世
與蓮為伴，有千朵萬朵蓮花裝點日子

聖潔不需要誰來評說，我有我的大自在
蓮蓬裡成熟的籽粒，是我在意的舍利

和寧橋

躬起高高的橋身，我都替它痛苦
它卻把寬容，留給橋下暢快的水聲

有橋在那裡等候，不管清早還是夜深
它像兩只大手，緊緊牽著兩邊的祥和與安寧

城中黃葛樹

老年人見了會眼睛一亮，說起它的歷史
會津津有味，根鬚早已竄過民國的衙門

更多時候，人們是喜歡它編織的綠蔭
歡聲笑語，眉飛色舞，快樂比樹葉還密

近水樓臺

這是幾棟樓房的名字，它確實靠近水
但住在那裡的人，把水忘卻得很乾淨

我是摸著水聲去見我朋友的，他無比開朗
把一個個日子當魚，慷慨地放生

油房街

街道雖已消失，但它的名聲還流著油
誰願意將那段芳香的歷史，再壓榨一次？

最好還補上幾聲古樸的吆喝，擺上幾個油枯餅
並且說出，從街的這一頭到那一頭的距離

衙門口

一提起這名字，彷彿驚堂木就已把魂魄捉去
兇險難料哇！你可讀懂判官暗示的眼神

站在門口傾聽，還有沒有喊冤者的哭聲
驚起六月雪？以及銀子壓死的案情

豆芽巷

豆芽巷窄得就像一根豆芽
但豆芽巷生出來的豆芽，很胖

我關心，把一顆豆子變成一根芽的過程
巷子可能很深，但那時人心很淺

馬房街

街道兩邊的牆壁，能否摳出馬兒的嘶鳴？
趕路人潮水一樣落腳了，眼裡泊著寧靜的黃昏

盞盞馬燈亮起來，那些奔波的歲月
一條街的拴馬樁上，有被反覆磨瘦的人生

鹽市街

那時貨船在涪江邊靠岸，喧囂了犀牛碼頭
白花花的鹽，在白花花的銀子裡找到最終歸宿

這滿街的風是鹹的，鹽商的目光也是鹹的
江水還在外邊起伏，也有人在此偷偷搬弄價格的潮汐

衛星橋

那時高喊放衛星，一座橋也在憋著氣
由於飢餓無力，衛星最終沒有放上去

這座橋名字至今沒改，叫它時免不了淡淡一笑
我彷彿在它身上，看到那個年代的胎記

觀荷

一朵朵陽光從綠色中鑽出來，證明夏天
驚豔的風，沿湖岸跑了很遠

欣然山水，畢竟沒有錯過時機
我把我的遺憾，緊緊咬在牙關

高山

那山在用盡全部力氣，把天舉起來
鷹跟著天旋轉，我彷彿瞬間也高大無比

它沒有考慮閃失，相信不會閃失
它正推開繚繞的霧，卸下虛假的神祕

大雨前夕

人群有些騷動，不時有人望天
如一口氣憋在了胸口，不吐不快

風在到處煽動渣滓起鬨
門窗洞開，像一隻眼窩陷得很深的眼

西湖斷橋

斷得好有創意，肝腸寸斷的相思
才刻骨銘心，才流芳成淒美的傳奇

油紙傘撐不開一天煙柳細雨
這是人間最珍貴的一段距離

野草

蒼茫的原野，是它們的天下了
無忌的野性，把一片無垠的遼闊看守

原野有這些草就足夠了，這些草
精心地把春茂盛，珍惜地把金黃的秋簽收

一隻蛾

火光是一種崇高的燦爛
靈魂啊，也要追求崇高的涅磐

當那一瞬間，你作出這樣果斷的選擇
一隻蛾，已經沒有了一隻蛾的渺小與卑賤

排列

我說，世界上的事物不要站錯位置
我說，我們終生都在做著算術題

陽光加雨露，是莊稼人臉上的笑容
大地應該永遠和母親排在一起

枕著月光失眠

月光破窗而入，蟋蟀在牆角又彈起它的細弦
瑣事纏身，像腳上削不平的老繭

深睡是奢望，往事裡又生響動
明晨毫無商量的鬧鐘，發條已上滿

夜聽送亡鑼鼓

知道又有人去世了，眼睛再也不會睜開
鑼鼓好急，是為亡者把遠去的路劈開

所有神經都聚集過來，歎息之後
許多人還在為許多事糾結，有雨下在人世之外

道士

一襲青衣，在道觀飄來飄去
那棵黃葛樹，比他還早入禪

髮髻盤得很緊，在經文裡小轉一圈
天就黑了，明天的香火還要點燃

夏夜

荷花背著月光盛開，蛙聲執意
要把炎熱打翻，膽小的風不敢露面

我在回憶中遠走，尋找母親那把蒲扇
故事是成熟在夜晚的蓮籽，我抓一把星星入眠

櫻花大道

櫻花正開，櫻花拉著一條路向前
我們必須跟它走，去和春天碰面

我們常常說起那條路，說它與櫻花結伴
我們也常在無花時去那條路，尋找幸福感

蘆葦花

秋天這面潔白的旗幟，需要你舉起來
我一定要把你捎回夢中，讓飛絮飄滿長岸

我學你低頭看地，學你抬頭望天
做一棵悄然立世的蘆葦，歲月不會很淺

悟

青蛙叫喊著池塘好大
老鷹嘶吼著天空太小

一顆露珠說它囚禁了太陽
一隻鐘稱它把持了全部時間

和月亮把盞

我不會飲酒，但我要把杯擺在面前
酒也要斟滿，今夜我要和月亮把盞

它照我小麥、高粱，照我槐樹和失眠
照我青絲、白髮，也照亮住著燕子的屋簷

聽琴

水終於倒流，高山也矮了下來
風吹到我面前時，散落成一地珠玉

我拾起別人的傷感，用一滴簡單的淚水
搭救墮落的時間，經脈不是可以顫抖的琴弦

相思樹下

我不稀罕紅豆，南國讓它南國吧
你們可以盡情相思，我要一縷月光足夠

妻子說明天要買點茶，後天要打點醬油
說天熱有個地方陰涼，說藥價又在把人忽悠

春分

種子在倉裡急出了聲響，時間腆著肚皮
細雨一遍一遍地潤著土地

耕地的鞭聲甩出去，變成飛翔的燕子
莊稼人拋撒種子的手勢，是歲月的暗語

飛瀑

我已找到生命的出口
就讓我脫韁一次

在懸崖上展示博大與無畏
靈魂才能理直氣壯地站立

夜雨

某一處肯定淋得很濕
某一處常常令我牽掛和惦記

夜雨，即使沒有落在那裡
我會臆想一場雨，在那裡下得很急

門

我們經常被時間之口
吞下去，然後又不斷被吐出來

這是一個縮小的世界
關掉喧囂繁雜，心寧靜入眠

鋤頭

老屋再也找不到鋤頭，土地苦笑著望我
日子是不是已經一鏽再鏽？

我老想著我曾經扛鋤的姿勢
身邊擠滿小麥大豆，那時我最風流

夕陽

霞光像已經沒過胸口的水
一艘老舊的船，晃蕩在舊時的岸邊

那夕陽越來越重
一座大山，被它壓斷

紅傘

這是雨天，街道上的腳步格外慌亂
幸好有把紅傘，在視線中緩緩出現

之後的雨下得有情調了，人們平靜了許多
心緒像一張皺褶的紙，被慢慢熨燙平展

唯有

唯有帶上雞鳴，帶上月光
帶上母親的叮嚀，還有椿芽的芳香

這樣上路，才不會飢餓，才不會慌張
也不用擔心，鄉愁的潮水，憋氣傷人

槐花

槐花又開了，你還記得四月的樣子？
愁緒確實有些青黃不接

我只記得你走在埡口時，站了很久
留戀什麼？是不是想把一片月光帶走？

痛

那時莊稼從山腳綠到山頂，那時
山上山下熱鬧的，是秋天的收成

而今荒草處處挑釁，窩藏野雞的啼叫
再也聽不到，一粒麥子驚喜的哭聲

涪水向南

涪水向南，風，送了一程又一程
細浪沒有拍響岸，山寺也傳來送行的鐘聲

我是江邊頑石，看水漲水退
有時會被上游沖來的波濤，擊痛我的堅硬

溫順

時間不是羊，時間沒羊那麼溫順
時間不吃草，草在時間裡黃了又青

我們是羊，額頭漸漸留下歲月鞭痕
我們沒哭，我們有雙親近山河的眼睛

病了的鄉村

豬要添加藥物才長，莊稼也靠藥護身
海椒胖得，已再不是海椒的模樣

化肥是土地的海洛因，早已上癮
紅薯在窖裡由毒氣裹著，延續生命

採藥人

在大山的毛髮裡，尋找意外驚喜
熟悉一棵草，勝過對陽光的熟悉

一輩子跟蹤藥物，把病痛追擊
你舉起稀有草藥時，大山在舉起你

雷鳴之夜

誰在翻動潮汐？誰又在擂打胸口？
該撕裂的都被撕裂，安靜已所剩無幾

我們都懷念地回過頭去，尋找月白風清
尋找一場流星雨，下在不眠的青春季

民間

一句諺語就是一個民間，一片花香舉起的
也是民間；擦肩而過的對視，還是民間

那些熟悉的鳥，落在民間
我告訴朋友，我沐著陽光，走動在民間

眾生

天的寬大罩著眾生，天的一聲響動
眾生會被驚呆

眾生匍匐於地，也許面臨災難
祈求禱告，靈魂乾枯的手，在風中震顫

古渡橫舟

一片槳聲，在哪個朝代濺起了水花？
一葉小舟，曾把誰的情感傷透？

而今我來橫舟，不渡月光鄉愁
只看沿岸風光爭寵，較量紅肥綠瘦

又是大雨

又把什麼事想起，必須痛哭一場？
日子是手中一捧沙，一鬆手就會漏去

陽光、風雨，甚至霹靂
是面對還是躲避？你在何處低頭沉思？

稻草人

作一回假人也不容易，頂風沐雨
被識破後，麻雀在頭頂拉屎

它唯一的滿足，在孩子們眼裡
是一個津津有味的童話故事

轉動石磨

轉幾圈，生活就會細膩
陽光或者月光就會流淌出入味的汁

堅硬的歲月，我們祖先只是睿智地
藉助了一副，堅硬的牙齒

回憶童年

一隻風箏斷線，當我低頭看手中的線頭時
上班的鈴聲響了

那時，我是牽著媽媽的手奔跑的
轉身不見媽媽，我揮起的手，在半空沒有落下

小滿

滿了池水，滿了秧苗
出嫁的驚慌

那邊麥子搖醉風
這邊忙碌的腳步，踩得土地發燙

小雪

我們終於觸及到了一場雪
像觸及到內心，最柔軟的部分

片狀或者顆粒，那是多麼真實
喊一聲下雪了，喊聲會在地上打滾、倒立

秋風漸起

是誰蓄意搬弄一場是非？已經出手
向南微微倒伏的樹，已把消息洩露

我們為擔憂準備了排列的空格
為它瘋狂的發洩，準備了穿行的巷口

還是捉迷藏

現在已經沒有地方可以藏了
四處隨時都是偷窺、竊笑的目光

而且興趣也沒有那時濃厚
如果你真的藏進往事，我會翻碎好多月光

還差一步

還差一步，我就把秋天趕上
現在只好遠遠地看你，在秋水旁哀傷

還差一步，我就會看見岸柳的晃蕩
你獨行的身影，只會攪起我深夜的驚慌

候鳥

南來北往，都是我的情懷
每一次往返，都是生命遷徙的精彩

這邊太陽沒有老，那邊月亮依舊圓
我的歡叫，肯定是你親切的語言

又見睡蓮

風被你睡醒，掠過水面；睡醒的
還有一個情緒激動的夏天

一朵，兩朵，三朵……
你能讀出幾分矜持與委婉？

篝火

哪來的篝火？我想從火苗中傾聽訴說
想從火星中，取出一個民族的魂魄

黑夜在一個勁地走向深奧
篝火邊的人在跟著燃燒，彷彿要挽救一次墮落

春天的風鈴

風聲很緊，陽光一陣濃似一陣
葉子放肆肥大，遍地滾動著新生的呼聲

玉蘭花特意搖響，春天的風鈴
我們不停地轉身，碰到的都是風景

傾聽花開

它們慢慢地，把一個抱緊的季節鬆開
一串串陽光，或者幾朵月色

都是爽朗，都是開懷，沒有絲毫遮掩
真的！它們都沒有辜負春天

清明祭

走失的人都要找回來
很多捏得出汗的名字，是痛的根源

天沒下雨心在下，墓碑模糊在
祭奠人群的那一雙雙淚眼

一把鑰匙

一把鑰匙不小心丟了，一扇門
就再也沒有打開

你是你的風雨，我是我的冬天
日子是好大的一棵樹喲！各自驚歎

忘憂草

我從痛苦中毅然抽身
把快樂的事情想得很遠

憂愁,是自己為自己製造的苦難
一棵草,有一棵草的人間

桃花朵朵

我沒敢在冬天輕生,懷抱暗香
只待一聲柔情的呼喚,我就準時醒來

趨炎附勢的蝴蝶追來,我不嫁
要嫁,我就只嫁春天

生命之舞

那鷹，彷彿是提著大山在旋轉
偏要逼烏雲交出狂風和暴雨

從閃電撕開的縫隙中穿過
時間消失在正面和背面，天空被它追遠

青春的記憶

把自己幻想成電影的主角
幻想自己，踩在掌聲鋪開的紅地毯

一封情書沒有寫完，青春就熟了
就滿口答應，嫁給那個有點燥熱的五月

關於傳說

無聊的傳說，我把它踢得很遠
萬物眨著蹊蹺的眼睛，透露神祕

我不敢在別人意願裡空虛和輕浮
一片土地，有一片土地的玄機

月光如水

月光漫過來時，我在望天
望滿天的星星，彷彿那是我閃光的童年

月光多次把我淋濕，擰乾了是鄉愁
擰不乾的，變成夜晚螢火遊走

旗袍

你穿著一身匠心，款款走過民國
亮出了一個民族古撲的矜持

盤扣始終扣緊，大方而又婉約的氣質
小幅度擺動的風，有女人的纖巧和細緻

等你

我就學蝴蝶，裹一身花粉誘你
或者把所有路口守死，你就是柵欄裡的羊

不管桃花開敗三月，還是小舟偷渡晚霞
我決不容許，時間輕易老去

夏日暢想

蟬在水深火熱中，催那些熟得太慢的稻子
荷塘青蛙，叫得一個夜晚瘦下去

得意的風，偏把田野當書頁
一會兒翻過來，翻過去，還是沒有讀出深意

梯田

給季節一級級臺階
送春天上去，接秋天下來

醉眼中，你偷著爬了多少次？
這是立體展示，種田人的手藝

那一夜

我拍遍欄杆，沒見闌珊燈火
亂竄的螢火，企圖劫持夜晚

一扇窗口透出的燈光，照亮千裡之外
一枝玫瑰，重新收緊了花苞

秋收

鐮刀為秋天剃了一次頭
乾淨利索的田野，再不令人擔憂

背著手走在田野的老農
太陽想和他搭話，風跟在他身後

秋風辭

是有幾分清涼了，葵花收拾了花瓣
低垂下頭。蘆花嘞，又飄飄悠悠

秋風漸緊，門口望歸的老人
把門前那條小溪，望得快要斷流

年味

最後幾天日子，是必須穿過的關口
對聯和燈籠，是急紅臉的等候

母親那雙眼睛長久亮在心裡
年啊，始終是杯醉人的酒

山脈

睡成起伏的曲線，任我目光綿延
我是那只好奇的鳥，想追到你的終點

鄉裡的老人去世，都滿足葬在山上
成為山的骨頭，子孫尊敬地，向大山跪拜

港灣

漂泊的夢靠岸，月光溫暖
燃燒的灶火，映紅一張失血的臉

蛙聲夯實了夜，老屋的影子清晰
在熟悉的蟲子聲中，我輕易地找到了從前

楓葉還是紅了

秋天還是充血了，我手握一片火焰
獨自站在長亭外，聽一陣馬蹄漸遠

我無法阻攔，如一方石頭執意要滾下山坡
翻看手背，是否又多了幾顆，色素的斑點

舊提琴

我還是不敢碰它，害怕琴弦上
又來一次翻江倒海，我在它面前失守

誰人心裡，都有一道封閉的堤岸
那不是簡單的洪水，誰也無法收拾，決堤的氾濫

相冊裡的秋天

那個秋天，被我囚禁於
一張照片。笑容與果實兌換著容顏

我不時拿出來欣賞，自豪生命中
還有幾分滿足與風光，值得留戀

以茶之名

以茶之名，感謝勞動感謝時光
留給半天的清閒，讓我清理快樂與苦難

萬事像茶一樣越想越清，最後倒掉的是
小氣、糾結、過往煙雲，留下的是大度與慷慨

雨夾雪

你隨一陣風走遠，我還在那個路口發呆
天氣驟然降溫，我緊了緊衣衫

如果再過一段時間，還沒有你的消息
肯定會是雨夾雪，是說不出味道的熬煎

一個人的秋天

一個人難以走出秋天，落葉成了悼詞
冷風是穿胸的洞簫，大雁寫下不祥的預言

一切格外赤裸，似樹褪下最後衣衫
我像一隻迷茫的小鹿，四處撞擊著秋天的柵欄

荒原

選擇一粒沙子，讓風任意搬遷
天邊的那顆夕陽，沒有推開跟來的夜晚

是誰趕動的馬車，騰起一股灰煙？
似乎決意要穿過這曠野，呼喚草木扎根上面

種子

在冬天，只是漫長的等待
希望泥土儘快醒來，膨脹鬆軟

待落入泥土的那一瞬，我擁抱的
不僅是一個春天，還有金燦燦的秋天

四月天

鶯飛草長的四月，秧雞打鳴的四月
氣溫很易漲起來的四月，心事拔節的四月

桃花水漫過膝蓋，燕子在空中劃出弧線
我立在風中無措，好像隨時有潮水向我撲來

落葉

落就落吧，坦蕩些
也許落下是另一種開端

看似衰敗，回到泥土中去
再重新爬上樹枝，那只是時間

歸途

世界再擁擠，始終給我留了一條路
那路的終點，就在臍帶的打結處

再苦，我們不哭。母親拋出來的目光
是我們一生必須走完的路途

驛站

也許我們已經卸下很多
但在出發前，卻又滿身重荷

傾聽節奏分明的馬蹄，看大雁頭頂掠過
我們在黎明啟程，在黃昏落腳

與鮮花對坐

它一味鮮豔，又一味地把春天渲染
我只淡淡微笑，表達不出太多的歡樂

與許多機緣錯過，天真與單純也早已失落
感覺什麼都很淡，內心像株搖擺不定的殘荷

一次足夠

像風，已經追求過天空的雲朵
像小雨，已對大地細聲細語訴說過

我曾經被你俘獲，僅僅是一個眼神
從此回憶沒有蒼白，像長燃不熄的篝火

假如我在梧桐深處遇到你

我會說梧桐樹蔭濃密，能夠遮雨
說梧桐棲的該是鳳凰，鳳凰該識梧桐枝

我會看你表情，看你臉上是否燃起火焰
看你是否佯裝望天，故意觀測天氣

悄然而至

昨夜是誰悄悄打開了一道門？放出芽苞爬滿樹枝
放出劃著弧線的鴿子，催動河水的流速

我們從沉睡中醒來，手上還留著舊事的體溫
想不到時間已換成春季，色彩醞釀鋪排大地

陽光在人間疾走

白裙子

色彩很深的街口，一襲白裙子飄過去
沉悶的夏天，頓時長長地舒緩了一口氣

街口，黃昏，白裙子，四周的目光撲過來
一隻白蝴蝶，讓他們醉眼迷離

臉譜

你熟悉多少臉？有幾張令你厭惡，暗藏兇險？
有幾張讓你喜歡？充滿平靜與友善？

這些臉譜只能看看，千萬莫要戴上
如果戴上了，你會丟失很多人心和世界

石頭牆

我們不能和石頭打賭，石頭一旦硬起來
齊心疊成一堵牆，會把光陰隔斷

也莫想它轟然倒下，倒下的石頭也不會開花
有時，我們在石頭面前，也一籌莫展

古寺與我們

古寺活得簡單：香火、木魚、經卷
開山門關山門，鐘聲早晚各一遍

我們在菩薩面前跪下去，再站起來
還要考慮，靈不靈驗，有時灰煙會模糊雙眼

風中的影子

麥子在父親鐮刀的揮舞下，倒下一片又一片
原野空曠了，父親的身影好顯眼

風撩起他的衣角，他回望村莊
皺紋裡填滿晚霞，眼睛裡是熟悉的炊煙

剪一段時光

如果要剪一段時光，我就剪春天
剪花蕾銜露，剪鴨子池塘測試水暖

然後在這段時光裡，我要放上月光和鹽
鹽讓生活有味，月光好照我無眠

夏荷

夏天熱烈地舉起你，還有蕩漾的清波
你純粹的笑容裡，完整地把苦痛褪去

你是夏天的主角，你把所有風景提在手裡
一瓣瓣地開，讓夏天不至於輕易丟失主題

一隻鳥飛過

一隻鳥飛過，風景都紛紛地退去
我目送它，讓它輕鬆地越過那片林子

等它飛回來時，也許我不能恰巧和它相遇
現在我在門口栽一棵樹，盼它回歸時落腳棲息

隔窗看雨

我們就這樣隔著，我的歡愉不需要你的恭賀
你的憂傷也不需要借用我同情的眼角

也許你早已雨過天晴，我還在另一條道上奔波
偶爾能聽到相互的消息，那時秋水已寒涼許多

小小的土豆花

僅僅就是一枚土豆，土豆也有土豆的情趣
一朵小小的花，也能把自己的時光舉起

我樂於聽別人叫我土豆，喜歡叫我的人
肯定和我一樣，有濃厚的鄉土氣息

一盞燈

一盞燈長久亮著，燈後母親那張慈祥的臉
也是一團明亮的燈火

一盞燈穿過窗戶照到了更遠，點燈人的目光裡
暗藏著許多，對兒女比燈還亮的訴說

零度以下

我們準備來一次深刻的潛伏
在雪下的一個洞穴，重新來一次脫胎換骨

生命需要一次深呼吸，需要把晦氣全部吐出
這是最佳時期，世界再無力把靈魂禁錮

走在十月

穀穗和鐮刀鐵錘組合成了美圖
激動是另一輪太陽，已經燃到新的熱度

我們只想送上祝福，有一隻雄雞
站在九百六十萬平方公里的厚土，對世界高呼

情人節

情人沒有藏在玫瑰後，玫瑰最終不是那把
打開心扉的鑰匙。斷橋斷得，只是扶不起的風雨

年齡，總被時光拚命追擊
七夕是愛情園子裡，一枚熟得太透的果實

薄暮

暮色翻過竹籬笆，炊煙打出信號旗
歸巢的鳥兒，吵熱了一片林子

家家戶戶的燈亮起來了，夜被攔在村外
家話農事，在飯桌上漫出濃烈的酒意

與時間交談

我樂意用韻律記載日子，而且還帶強烈的節奏感
常常被一個簡單的詞語俘虜，一囚就是許多年

枯藤、老樹、昏鴉，那些都是舊事
我在早晨看一頭青絲，在黃昏數口中又多幾顆蟲牙

母親

母親是走了，但她從來沒有走遠
逢年過節，她的座位上，一直擺著她的碗筷

我們都是按照母親的叮嚀去做事
與人為善，從未有過良心不安

煙花

雨不是雨，煙不是煙
春天就這樣，下了江南

蒙矓的煙雨，蒙矓的花海
它們竟然合謀，為視野製作了一場懸念

外面的世界

說起外面的每一件事，我都感覺味淡
像一粒小石子扔進河裡，擊不起太大的波瀾

我喜歡春風扣響門環，喜歡看千樹萬樹花開
喜歡臨窗聽雨，喜歡圓月照著我皺巴巴的臉

在冬天

希望有一場淋漓的雪，抹去一切恩怨
在來年春天，該愛的，儘量去愛

世界都應該像雪一樣，乾乾淨淨
沒有遮掩，地是大家的地，天是大家的天

風吹故鄉

風，翻過那道山梁，吹到了故鄉
它掠過田野之後，又竄進了村莊

簷下辣椒串串火紅，玉米一排排金黃
風沒有掠走什麼，日子平靜得還像以往

留住懷念

我們什麼都可以丟失，最好留住懷念
經常翻出來擦拭，保住它最初的光芒

我們在往時光的深處走，難免不會遇到失落與悲傷
那時走進懷念，一切可以得到慰藉和熨燙

失重的夢

琴弦斷在一個夜晚，雨下了前邊又下後邊
窗前香樟，樹葉全部沒有入眠

我左手和右手都握得很緊，可攤開手掌
有幾粒是烏黑發亮的痛苦，有幾粒是紅得發紫的期盼

紙船

愛折紙船的，是我們不會丟失的童年
載著小石子的船兒，被我們的幼稚的笑聲追遠

那小船兒還在漂，即使我們老眼昏花
我們都會看得見：一條河流，漂著一隻紙船

夢幻的秋千

像風擺動柳絲，我們擺動童年
歡快的笑聲，從夢裡飛出夢外

等我們蕩回來站定時，天真已經丟失多半
時間強行拉著我的手，不知跑了多遠

我的玫瑰

我終於舉起了我的玫瑰，我把它當一個日子看待
一個日子開成了花朵，花朵有花朵的鮮豔和自在

我不會獻給誰，它枯乾後我會夾進書頁
一經翻閱，我會心跳面熱，想起曾有的得意和燦爛

誰的河流

誰的河流？這般洶湧澎湃，執意要掀翻
我的小船。兩邊是被波浪擊痛的岸

誰的河流？決然選擇乾涸，讓我的船兒擱淺
這刻意的囚禁，難道要我陪你，一起腐爛？

別樣情懷

荷花欣然出水了，急躁的夏天
有了最美的主宰，一隻白鷺，把所有的水拍遍

我依水，選擇田田荷葉為岸
慢慢細數，今天荷花又開幾朵，天上雲朵再添幾團

今夜雨夾雪

像我們心事夾著心事，憂傷中還帶有痛感
我們沒法遷就，諾言失信，關愛晚點

事情就這麼逐步犀利，安寧無法等來那一刻的金黃
我們只有遵守祖訓：天地為大，自然為上

風雨橋

一生要經過多少風雨，一座橋或者一個人
同樣會感慨無比，但橋始終還在那裡挺立

也許你剛沐浴了陽光，一轉身又是撲面的風雨
生與死，在不停較勁，不斷變換位置

望夫石

你守，守成人間流芳的故事
你望，把自己望成一尊難以風化的石頭

待你丈夫瞬間出現在你面前，你會不會轟然倒下？
化著一灘水，繞著他的腳邊流

有

草木的葉片裏有太陽
魚的身體裏有河流

我的每一滴淚水中，有亮晶晶的故鄉
故鄉有雞鳴，上升的炊煙有強勁的勢頭

天邊那片彩雲

天邊那片彩雲，為什麼讓你如此驚心？
花季已過。一隻鳥，在為一座空山嘶鳴

如果你難以安頓夜晚，難以讓牽掛止住哭聲
你就撕下那片彩雲吧！當作她的微笑，貼住夢境

這就是夏天

在烈日的勸導下，萬物熬出了自己的色彩
不容輕浮與草率的夏天，不接納膽怯與畏縮的夏天

紅蜻蜓綠蜻蜓飛過田野，稻穀鋪開金黃燦爛
太陽一刻也沒減弱熱度，逼你承受成熟的最後考驗

這一刻

這一刻我想拋棄一切，只帶一片陽光一片雲彩
這一刻我有點想娘，想娘守在身邊的溫暖

這一刻我想把傷疤摳開，看還有沒有悲傷活在裡面
這一刻我想風只吹背莫吹臉，好和夕陽交換眼神

重逢

是設想在春季還是秋天？設想在九十度轉角的街口
還是銀杏葉鋪厚的林間？來一場約定還是來一場意外

我得準備一個好心情，得把上次的分別重新溫習
還要帶一把，不會漏雨的傘

劃過四月的憂傷

梔子花一直在樓下,傳送芬芳。我知道有一個人
每天在悄悄朝樓上眺望,時間有點無措和慌張

這說不出味道的四月,燕子在別人簷下築了巢
桃花水濃得化不開,我苦心尋找,一劑能化開憂傷的藥

三月,有麥苗約我

這氣息纏人,鳥兒的叫聲在使勁啄我
似乎要啄破,裹在身上那層無形的殼

所有來過的風,都轉身睡成一地麥苗
綠是一種深情的邀約,最終和它們一起拔節的是我

槐花飄香

槐花是四月的魂?盡情鋪展的土地,一再地平靜
任何走失的黃昏,都會被槐花輕易召回

槐花和月光一樣白,隨縷縷芬芳飄遠的
是懷念是憧憬。我們在槐樹下,訴說簡單的人生

這些年

這些年,我彷彿在把一顆顆螺絲鬆開又擰緊
望遠方的風景,一照鏡子,白髮又頓生

這些年,我把文字調動得很勤,像用磚頭砌牆
一狠心就推倒,心情有時面目全非

午夜

誰的歌聲還在挑逗？那窗口桔黃的燈光
無法找到同病相憐人，寂靜在把一切，一再圍困

很多人在自己的世界裡，走得太深
那些下夠力氣的鼾聲，彷彿在擂打一扇，緊閉的門

掉光葉子的樹

作遠眺的姿勢，像一位老人盼歸遠遊的兒子
看它精力旺盛，彷彿隨時會還原最初的生機

控訴寒冷與陰霾，它把手臂高高舉起
不需要掩藏什麼，也不在乎自己已掉光葉子

愛的音符

這夜被你四面埋伏，我無力突圍
風雨無助，點點滴滴都成不了音符

總覺有一雙眼睛，藏在最深的暗處
執意要看著我瘦，直到瘦成幾根骨頭

不說歸途

晚霞映紅額際，心是那親吻船舷的浪頭
一輪鄉月，連同故鄉，被我揣入懷中帶走

雪花成不了心靈的塵埃，大雁是季節的標點
沿途還有風景，彷彿現在一切，正是無羈的時候

我的名字

我出生時像一匹羽毛，踏踏實實飄落在地
我被我的名字叼著走，在人間煙火裡出入

我總想把它打磨光亮，卻見母親一臉嚴肅
她時常誇讚，那腳下生長莊稼的泥土

背影

背影還在匆匆行走，只是我不知道
這是心靈什麼時候的珍貴存留

背影是母親的，母親仍在去往她那個世界的路上
我常剪輯它來貼住憂傷，貼住無助，貼住歲月的傷口

東籬

學陶淵明東籬下栽菊，栽一排金黃的秋天
到時我們也來學一次儒雅，採菊後，欣然眺望南山

我們最好只賞菊不說錢，或者籬邊飲菊花茶
聽南飛的大雁，幾聲啼叫，把愁緒銜向天邊

雨巷的丁香

雨巷是丁香的眷戀，像雲偏要貼緊藍天
走動在巷子裡的丁香，風雨來得都很委婉

提起丁香，我們的心，都成了雨巷
等待丁香一篷篷茂盛，四瓣形的花朵，把牆壁爬滿

童年的天空

童年時的天空最是童年，星星喜歡撒嬌
月亮愛拋媚眼，我的夢中，它是好大一座遊樂園

有時我說天上也是一條街，亮起燈千盞萬盞
有時我說天是一面鏡子，照出的景物全在地面

處暑之後

稻穀開始收割入倉，叫聲曾經飽滿得
如穀粒一樣的麻雀，逐漸有了失落

風還在翻動凌亂的稻葉，田野卻釋然
像一個人，徹底放下了半生往事

深夜大風

突然發作，有什麼事非要在這深夜痛說？
我想起鄰家女人半夜的哭聲，也使得夜驚愕

總覺這是一場浩大的復仇，世界即將被搬空
唯獨剩下這漸漸被風乾的我

舞蝶

在龐大色彩的欺騙下，你禁不住為繁花醉舞
花謝後，你會不會蒼夷滿目？

你就像一個捧場者，激情與喧囂之後
有沒有人來分食，你的無助與孤獨？

打探

第一片落葉為秋天探路，第一片雪花
成為冬天的宣言

額頭的皺褶是時光氾濫的波紋
模糊的視線，拉不住落水的夕陽

沿岸

栽下蘆葦，我就繼續沿岸朝前
沒多久一回頭，蘆花白了我的頭也白了

河水像我的人生，有時湍急有時舒緩
走過的腳印，已被雜草無痕覆蓋

在山中

楓樹為我準備了火，懸崖為我準備了泉
我有十萬匹激情，有叩響大山的步點

被山擁抱一次，又還原了我山的氣慨
我一聲大吼，風順著半山跑了很遠

寂靜

靜下心來，這一刻要把半生的事情想完
需掩蓋的往事都掩蓋了，只有疼痛還冒出白煙

時間在被坐化，唯有心中那匹揚起鬃毛的馬
聲聲嘶鳴，正在越過歡樂與苦難

木耳

樹木死了，但死得一點也不徹底
它的魂靈一朵朵從腐朽的裂縫冒出來

風呀雨呀，於它都是些無用的消息
但它心不甘啊，年年還在這季節中混跡

白雪

樹木最終抖掉了，大山也抖掉了
而你沒有抖掉，留在了雙鬢

我知道在你的人生有很多場看不見的雪
冷徹你的身心，模糊了你掙扎的身影

這些路燈

一排排亮過去，像一條光亮的河流
誰要在今晚借道遠去？

彷彿前面的燈在誘惑，後面的在追擊
誰在燈下，不覺是一場迅疾而又透明的雨？

樹下聽雨

樹木有千萬片葉子，足夠接住一天雨
我也準備了好心緒，追逐雨的蹤跡

滴答滴答，時強時弱，時東時西
我在無形中奔跑，樂意被無形的節奏伏擊

掃雪

似乎一切都不需要安慰，蒼茫的白
比深沉的黑，更缺少血性

世界要回歸本位，色彩交織
就如生活應有哭泣呻吟，也有狂歡的笑聲

月光漫過木柵欄

煙雨江南

誰大手筆潑出的水墨畫？
雨不是雨，煙不是煙
蓑笠老農，揮鞭趕著江南

行囊

裝滿母親的叮囑和故鄉的月光
寂寥時披在身上
心不慌，夢不會著涼

遠行

抓把雞鳴犬吠作乾糧
每到思念難忍時嚼上幾粒
都能嚼出淚盈盈的故鄉

眺望

即使天旋地轉
即使我什麼也看不見
手指故鄉，故鄉會在指尖燃成火焰

春聯

兩邊都是同樣的期盼和心願
熱血澎湃
新年，畢竟工整地對仗了

池塘

蛙聲搖動一池水
月光又漲了
我在池邊撫摸故鄉的夜晚

故居

我估摸，童年會從那道門跑出來
時光在牆上剝落
無言的你，無言的我

中秋月

圓缺都是有痛感
走散的人啊
總是在夢中才能見面

陽光

我們一無所有時
幸好還有陽光照過來
像親娘認領走失的孩子

日子

葉茂，葉枯
花落，花開
老人擦洗，孩子沾滿泥土的臉

乳名

有了它，童年不會丟失
喊一聲
我會在奶奶皺紋裡，撿到故事

犁

為一片心愛的土地
越磨越瘦
但你愛聽，莊稼的呼吸

老房子

窗洞像雙望歸的眼睛
苔蘚裏綠犬聲
竹林護衛著你，逐漸衰老的身影

紡線

你把日子紡長紡細
線是藤蔓，一家人幸福的日子
就在這根藤上紅成果實

老照片

我從發黃的笑容進去
然後閉上眼睛回來
一杯烈酒，點燃感慨

壓歲錢

真的能壓住
輕舉妄動的歲月嗎？

桃花開了

撿幾朵笑容
待日子愁眉苦臉時
壓住襲來的愁緒

古街

在茶碗裡打撈你的故事
翹簷上的風鈴
還在搖動，想搖醒睡死的歷史

陽光在人間疾走

搖籃曲

搖睡星星月亮
唯有你，還在那支曲子裡
手舞足蹈地幼稚

履歷

記下傷痕，也記下荒唐
必要時作為膏藥
敷住人生的創傷

守歲

爆竹追著舊歲的腳跟
新年的鐘聲
濺成枝頭，點點春梅

老漁夫

你把網撒在水面
歲月把網
撒在你臉上

鳥鳴

樹葉綠得徹底
是不是你的叫聲
成了最好的養分？

白雲

如果沒有襯托的白雲
太陽會不會，只是
一隻癡呆的眼睛？

春天到了

慌忙中，尋找
發芽的土地
我也想紅一把，趁這時機

貞潔牌坊

冰冷的牌坊
壓死女人
哭不出聲的人生

種地

播幾把汗水下去
餵幾片陽光風雨
秋天，多情地倒在我臂彎裡

故鄉的月光

故鄉的月光，最聽使喚
一招手就鋪滿一地鄉情
心，軟軟綿綿

異鄉遇老鄉

口音一聽就燙
目光放肆擁抱
一口井水，在兩人身上流淌

夜晚犬吠

時遠時近
拍打著夜晚的寧靜
有它，夢不驚

踏實

糧食在倉裡發出鼾聲
鋤頭在牆上亮著日子
月光鋪腳下，太陽照頭頂

肩頭

一肩：太陽
一肩：風雨
妻子兒女，也是一副不輕的擔子

童謠

童年唱著它
繞樹三匝
便長大了

炎熱

蟬兒叫燙夏天
眼前植物，相互吐著火焰
白雲被天空煎熟

陽光在人間疾走

七月半祭祖

燃燒的香火
追著姓氏的根鬚
祖先在墓裡，又翻了一次身

竹林

枝葉與枝葉相親
風來，一起抵擋
雨來，共同滋潤

瓜藤

日子牽得又長又遠
順著風雨找過去
季節在葉間睡得黃熟

回首

來世今生都仿若塵埃
靈魂纏滿藤蔓，一回頭
雲，又遮了那片天

斷橋

時間的傷口
斷裂處是火焰
折磨，註定一千年

聖地

把一顆心在這裡寄放
塵世遊蕩三千年
最終，要把一扇門推開

風聲

風，吹涼了夜晚
無法把該想的事情想完
往事，成了哽咽在喉的骨頭

虔誠

即使肉身全部腐爛
靈魂也會像寺內的樹
虔誠地接受木魚聲的澆灌

情書

每個字都是火焰
淚水澆上去
也只能助燃

漣漪

你攪亂我的平靜
那蕩開的憂鬱
你能數清多少層？

觀潮

你洶湧的氣勢
我不得不退到平靜之外
只撿一片潮響，安慰寂寞

翻書

哪一頁是你相似的情節
如突遇情感暴動
有沒有我躲避的屋簷？

酒壇

我存封的感情
越釀越烈
開啟後，看你敢飲幾杯幾盞？

繡花

針針線線
繡得星稀月落
你可找到，愛的針腳？

幸福

日子無言地紅成果實
晃動記憶
你的親切，成為溫暖我的四壁

竹葉船

甘願將這片情感放逐
追你到天涯
夜夜送你，一片亮晶晶的水花

相送

把你送出視線
一轉身，幸有滿天細雨
掩蓋了我一臉謊言

湖上泛舟

坐柔一片水聲
月亮吻醉船舷
清澈見底，那是我無需掩飾的情感

七夕

玫瑰是標籤
握在情人手中的愛
一晃，就是一朵燦爛

彈琴

江河對著天空彈琴
霞光和雲彩都跳進來
尋找弦外之音

光棍

寂寞似跟在身後的影子
許多夜晚
醉倒在酒杯裡

空花瓶

一枝花，哪怕就一枝
都能填補空虛的白天夜晚
讓懷念，減輕痛感

彷徨

次次轉身
都碰落一天雨
傘雖大，也遮不住流淚的心

門

該關時關緊
若是感情被盜
你還能哭得出聲？

陽光在人間疾走

失約

風，打了一個旋
走了
我卻聽見，時間在腐爛

想你

一切阻擋，從視線中垮塌下去
偌大的空間
走動著，你一個人的身影

依舊

太陽依舊咬破晨霧出來
風，依舊踩過水面
浪花依舊癡情地吻痛江岸

瀘沽湖

山影人影都倒進去
接受母性搖晃
我追問：今為何年何月？

彝族火把節

所有人都盡情燃燒
口中唱出火，腳下踏出火
靈魂迸發火星，我們是火中精靈

埋怨

別埋怨別人冷漠
看一下自己
可拿對開門的鑰匙

面具

拷問臉上的表情
是否與心一致
不然人與人，會陌生無比

月臺

送行的人
多數時間沒有站穩
跌進淚水

火爐

你燃燒時，他們圍了過來
你一旦沒有溫暖
他們離你很遠

蠟燭

你倒是抒盡一腔激情
剩下珠淚
誰來收拾，這漸漸陌生的夜晚？

打坐

佛光慢慢浸透我
祥雲從身邊飄過
靈魂讓經文反覆打磨

斷橋

橋雖斷了
緣分隨時可以長出
連接的翅膀

往事

五彩繽紛的顆粒

掰開每一顆

久遠的人和事，都會如舍利

琴弦

斷弦時，會不會有音符

跌成一地月光

聽眾會迷失在古老的林子？

約會

在一條無名河裡試水
深淺難定
月亮跟蹤一對倩影

露

迷失方向的草木
掙扎了一夜
見到黎明，傷心不已

如果

如果你的河乾了
不能再航行我的船
我會在你夢裡，攪起不安的水聲

窗

開啟，或關閉
都為尋找
有風景的你

蓮花

我一瓣瓣地開
一瓣瓣地紅
夏天，看你如何收藏這朵情感

雨巷

雨巷很舊
傘，紅得鮮豔
我沒進去，在巷外自戀

尺子

常常量別人
知不知道自己
是幾寸幾分？

塔吊臂

手臂伸得再長
也沒為自己撈點好處

鉛筆

自己的心，被一點點磨盡
無奈
任別人描繪風景

枕頭

聽見什麼都不說
人家才敢讓你
枕在大腦下面

陽光在人間疾走

垃圾桶

立在街邊
專門收集
報廢的時間

紅燈

對肆無忌憚的車子
你常常
急紅眼

藤蔓

家傳的厚黑學——
踩傷別人
爬到高處

蒲扇

像一隻大大的手掌
對炎熱
不停地扇著耳光

鐮刀

一隻勾住秋天的臂彎
上面長滿
咀嚼豐收的牙齒

存摺

財富壘高得意
精神該不會瘦得
皮包骨頭？

碑石

自詡堅硬無比
無奈被豎在別人墓前
背一身別人的簡歷

書籤

給記憶豎一塊路標
提醒
該走的行程還未走完

陽光在人間疾走

航標燈

暗礁藏在水中
準備打劫航行的船
幸好有你，眨著暗示的眼

牆頭草

站是站得高
只是根基不牢
風一吹就倒

花

你不用香味引誘
蜂蝶哪敢
毫無顧忌地撲過來？

落花

雖然容顏枯乾
卻在內心深處
收藏著再生的春天

玫瑰

鮮豔會俘虜你的目光
葉下芒刺
不小心，也會劃傷你的放肆

溫度計

為心愛的人
一年四季把冷熱打探
上升或下降的焦慮，紅到極點

冰

那是水
在寒冷的威逼下
亮出自己的劍

木偶

分不清臺前幕後
被人操控
一身繫滿扯動的繩

流水

別人不願走的路
你偏走。你還說
越往低處，越是快樂無憂

白髮

這不是一叢衰草
是熟透。根根白亮
沒有什麼掩藏與挽留

晚霞

你能數盡感情的顏色？
連天空這塊畫板
都已裝滿

夕陽

有什麼心事難以放下？
一隻道別的眼睛
紅得出血

陽光在人間疾走

風

把雲追得都哭了
還搖動樹葉叫好

太陽說

都說我重要
我一出來
你們又撐開，遮擋的傘

打牌

當初認為那張不怎麼重要
你打出後才發現
那張才是關鍵

歌聲

一群彩色的蝴蝶
到處撲閃著
翅膀

拐彎

是有點突如其來
但一經拐入
另一番風景會撲入眼簾

傷疤

不要輕易揭開
那是封存的
人生財產

高與矮

傲慢一味地高上去
人格就會矮下來

焊接

激情到了火花迸濺
還有什麼裂痕
不能融合

距離

閉上眼，摸得清
事物的經絡
睜開眼，連自己也看不清

採茶

輕輕地，不要驚散
天地聚集而生的
片片靈氣

採蓮

雖已採摘，但又焦慮
顆顆苦心
該如何收拾

鬥雞

每一刻都在雄起
誰管你生死？
主人抱得最緊的是榮譽

賭徒

無奈不能把月亮押上
半夜回家的影子
被蟋蟀的尖叫拉長

背影

我千百次剪輯
用它鎮壓
無數失魂落魄的日子

黃河

一根汗帕
搭在華夏的肩頭
擦亮民族的堅韌與頑強

鐵樹開花

我鐵，鐵的只是外表
內心早已含苞
夏天，請看我敞懷大笑

戈壁灘

給你一片遼闊
你的膽量是否敢於穿過？
拴住杳無人煙

沉默

嶙峋的岩石
一生沒有吐露一個字
但我讀懂，它堅硬的語言

獨酌

幾杯酒灌醉世界
眼前的事物東倒西歪
我笑它們，涉世太淺

失眠

在蟲鳴的細弦上漫步
無數次把記憶的畫卷展開
又收起，距天亮還遠

清潔工

掃帚劃醒酣睡的黎明
朝霞灑你一身
城市和你的心，一樣乾淨

只有

大雁成群結隊逃跑
落葉遍地流浪
只有紅辣椒在簷下，出示秋天的標題

爆竹

一生為了一次驚天動地
不惜
毀滅自己

秋霜

落葉剛從枝頭飄去
你就迫不及待
在地上，為秋天寫上悼詞

空瓶

倒盡滿腹心事也不輕鬆
一味的空
空得白天夜晚都疼痛

浪

別受風的慫恿
被碰碎的
哪一次不是你自己？

海灘

剛踩上腳印
就遣潮水抹平
海呀，你是什麼用意？

生活

常常，有看不見的網
張在你不經意的地方
你是否無端撞上？

彩虹

誰遺落的彩巾
老天掛出來
招人認領

界碑

要是越過半步
都會閃電雷鳴
一個國家瞪大憤怒的眼睛

河蚌

一粒沙在心中
暖久了，也會成為光亮的
珍珠

葡萄架

我給你撐起
身分的架子
該怎麼鋪排，你各自考慮

古墓遺址

屍骨早已腐爛
唯有名聲和地位
端坐起來，撐持場面

一線天

一線就一線
只要我心中知道
天，很寬

看舞劍

黃昏起舞
一會兒驅趕江水倒流
一會兒逼出柳叢風聲

蝸牛說

速度固然重要
恒心也不可缺少

看集體舞

色彩的波濤
目光在浪尖暈眩
我想被淹沒在裡面

青春痘

青春結果了
你，要不要
採幾粒？

海島

海把我舉出來
是為告訴你
海也有堅硬的一面

柳絮

絮絮叨叨
我知道，你與春天
有說不完的情話

禿枝

在朔風中等待
溫暖的雨夜，春天
對它親切耳語

地鐵

天上地上都擁擠
來！給你備份一條路
在地底

宋瓷罐

好潤澤的外表
青花中
還走動著那個朝代

忐忑

誓言溺水
風聲一遍比一遍緊
路，斷在一個謊言裡

對飲

杯子盛滿友情
天在塌，地在崩
只有我倆，坐得鎮定

詞典

滿腹學問
源於你
把什麼事情都弄清究竟

奔馬

你飛速地奔跑
讓所有的事物
都在磨擦自己發熱的蹄子

樹葉

豎起耳朵聽風聽雨
聽春天的翅膀
撲閃哪片花叢，煽動迷離

空山

寒風切割著空氣
剩下的鳥兒
叫聲，找不到立足的柯枝

野馬

無韁，拴住它的是草原
野性煽瘋遍地草
一揚蹄，一匹閃電

禿鷹

你掠過，山和樹林都喊冷
尖嘴和利爪上
懸著滴血的威名

獵狗

你是獵人的另一顆子彈
射出去的是速度
銜回想逃竄的時間

夜色朦朧

各自蹲在暗處
想把所有事情想明
星星暗示什麼？眨眼不停

把脈

沿著血脈，尋找病灶
追遍全身
藥方，是最後的繳殺令

蓓蕾

包裹很緊的祕密
一旦怒放出來
紅黃綠紫，春天醉眼迷離

鐵索橋

鐵了心要騎在河上
有幾條路
能夠在空中樂悠悠地晃蕩？

老人

撕片陽光，蓋住雙膝
與晚霞對視
意會相互的笑容

水面

一片液體的天
雲跳進去，試探深淺
被一陣風揉亂

松濤

受風的蠱惑
松林集體撒了一次野
一聲吼，吼得大山嗚咽

魚鷹

無數次俯衝河面
依舊沒有撕破，水的皮膚
水中夕陽還在

這世界

山坡，巍峨地站起來
河水，柔情地躺下去
鳥的翅膀在把天空推遠

薄霧

朝霞的金色手指
把大地的蓋頭挑開，好美
安靜又泰然，好幾匹青山

花園

一年四季喧鬧不止
芳香壓過來，色彩湧過去
凋謝更快的，是觀賞者的歎息

老街

沒有走到盡頭
頭髮就白了。一群少年
徘徊街口，不願進來

讀《聊齋》

裡面有活著的、善良的鬼
也有用假像
把陰險隱藏很深的人

打獵

槍響了
逃竄了一匹風
子彈,還在林中穿梭

順江而下

流水順了我的心願
迎送的是兩岸青山
咿呀的船槳，劃過繁忙的中年

暮秋

撿幾聲大雁的叫聲摸一摸
看秋天
還剩幾分體溫

老虎

一聲吼，滿山的風匍匐在地
然後你舔著嘴上的血
在林中把自己的路走寬

風停了

風停了，所以事物都在指責
對方在風中的搖擺
以及趨炎附勢的姿態

雨來時

有人讓雨敲打心靈的鍵盤
也有人追著雨聲跑了很遠
一把把傘，撐開突如其來的下午

夕陽

不遺餘力
放最後一把火
燦爛自己

湖面

起風時，將天空折疊
無風時
抱著太陽熟睡

語言文學類　PG2196　秀詩人46

陽光在人間疾走

作　　者／譚清友
責任編輯／陳慈蓉
圖文排版／林宛榆
封面設計／楊廣榕

發 行 人／宋政坤
法律顧問／毛國樑　律師
出版發行／秀威資訊科技股份有限公司
　　　　　114台北市內湖區瑞光路76巷65號1樓
　　　　　電話：+886-2-2796-3638　傳真：+886-2-2796-1377
　　　　　http://www.showwe.com.tw
劃撥帳號／19563868　戶名：秀威資訊科技股份有限公司
　　　　　讀者服務信箱：service@showwe.com.tw
展售門市／國家書店（松江門市）
　　　　　104台北市中山區松江路209號1樓
　　　　　電話：+886-2-2518-0207　傳真：+886-2-2518-0778
網路訂購／秀威網路書店：https://store.showwe.tw
　　　　　國家網路書店：https://www.govbooks.com.tw

2019年1月　BOD一版
定價：280元
版權所有　翻印必究
本書如有缺頁、破損或裝訂錯誤，請寄回更換

國家圖書館出版品預行編目

陽光在人間疾走 / 譚清友著. -- 一版. -- 臺北市：秀威
　　資訊科技, 2019.01
　　　　面；　　公分. -- (文學小說類；PG2196)(秀詩人；
46)
　　BOD版
　　ISBN 978-986-326-655-6(平裝)

851.486　　　　　　　　　　　　107022214

讀 者 回 函 卡

感謝您購買本書，為提升服務品質，請填妥以下資料，將讀者回函卡直接寄
回或傳真本公司，收到您的寶貴意見後，我們會收藏記錄及檢討，謝謝！
如您需要了解本公司最新出版書目、購書優惠或企劃活動，歡迎您上網查詢
或下載相關資料：http:// www.showwe.com.tw

您購買的書名：＿＿＿＿＿＿＿＿＿＿＿＿＿＿＿＿＿＿＿＿＿＿＿＿＿

出生日期：＿＿＿＿＿年＿＿＿＿＿月＿＿＿＿＿日

學歷：□高中 (含) 以下　　□大專　　□研究所 (含) 以上

職業：□製造業　□金融業　□資訊業　□軍警　□傳播業　□自由業
　　　□服務業　□公務員　□教職　　□學生　□家管　　□其它＿＿＿

購書地點：□網路書店　□實體書店　□書展　□郵購　□贈閱　□其他

您從何得知本書的消息？

　□網路書店　□實體書店　□網路搜尋　□電子報　□書訊　□雜誌
　□傳播媒體　□親友推薦　□網站推薦　□部落格　□其他＿＿＿＿＿

您對本書的評價：(請填代號　1.非常滿意　2.滿意　3.尚可　4.再改進)

　封面設計＿＿＿　版面編排＿＿＿　內容＿＿＿　文／譯筆＿＿＿　價格＿＿＿

讀完書後您覺得：

　□很有收穫　□有收穫　□收穫不多　□沒收穫

對我們的建議：＿＿＿＿＿＿＿＿＿＿＿＿＿＿＿＿＿＿＿＿＿＿＿＿＿

＿＿＿＿＿＿＿＿＿＿＿＿＿＿＿＿＿＿＿＿＿＿＿＿＿＿＿＿＿＿＿＿＿

＿＿＿＿＿＿＿＿＿＿＿＿＿＿＿＿＿＿＿＿＿＿＿＿＿＿＿＿＿＿＿＿＿

＿＿＿＿＿＿＿＿＿＿＿＿＿＿＿＿＿＿＿＿＿＿＿＿＿＿＿＿＿＿＿＿＿

11466
台北市內湖區瑞光路 76 巷 65 號 1 樓
秀威資訊科技股份有限公司　　　收
BOD 數位出版事業部

....

（請沿線對折寄回，謝謝！）

姓　　名：＿＿＿＿＿＿＿　年齡：＿＿＿　性別：□女　□男

郵遞區號：□□□□□

地　　址：＿＿＿＿＿＿＿＿＿＿＿＿＿＿＿＿＿＿＿＿＿

聯絡電話：(日)＿＿＿＿＿＿＿＿＿　(夜)＿＿＿＿＿＿＿＿＿

E-mail：＿＿＿＿＿＿＿＿＿＿＿＿＿＿＿＿＿＿＿＿＿＿